D1409561

Lie-tseu

Sur le destin

et autres textes

Traduit du chinois et annoté
par Benedykt Grynpas

Gallimard

Ces textes sont extraits du recueil
Le Vrai Classique du vide parfait
(Connaissance de l'Orient, série chinoise, n° 36).

De Lie-tseu ou Lie Yu-k'eou, on sait peu de choses. Toutes les informations sur sa vie viennent directement de son ouvrage *Le Vrai Classique du vide parfait*. Il est né vraisemblablement vers 450 avant J.-C. Il aurait vécu des dons de ses disciples ou de dévots. On a souvent nié son existence même, le considérant comme un personnage allégorique inventé par Tchouang-tseu, le dernier grand philosophe du taoïsme classique.

Découvrez, lisez ou relisez l'œuvre de Lie-tseu :

LE VRAI CLASSIQUE DU VIDE PARFAIT (Connaissance de l'Orient n° 36)

Livre quatrième

CONFUCIUS

CHAPITRE 1

Connaître

Un jour, Confucius se reposait. Tseu Kong vint lui tenir compagnie. Comme son maître avait l'air triste, celui-ci, sans oser lui demander (la cause de sa tristesse) sortit et confia la chose à Yen Houei. Ce dernier prit son luth et chanta.

Maître K'ong l'entendit et le pria de venir dans la maison. Là, il l'interrogea : « Pourquoi es-tu là, seul, à te réjouir ? » Yen Houei répliqua : « Maître, pourquoi êtes-vous seul à vous attrister ? » K'ong dit : « Dis-moi d'abord ton intention (en jouant de la musique). » L'autre s'expliqua ainsi : « J'ai entendu jadis le Maître dire : "Celui qui est en accord joyeux avec le

Ciel et connaît ses desseins n'a pas de motif d'être triste"; c'est pourquoi je suis gai. » K'ong tseu resta un moment pensif, puis s'exprima ainsi : « Sont-ce bien là mes paroles ? Tu m'as mal compris. Ce que je t'avais dit auparavant, je te prie de le corriger par ce que je te dis maintenant. Tu sais seulement que l'accord joyeux avec le Ciel et la connaissance de ses desseins est une raison de n'être pas triste ; (mais) tu ne sais pas encore combien c'est aussi une raison de profonde tristesse. Maintenant, je vais te dire la vérité : perfectionner seulement sa personne sans avoir en vue la réussite ou la défaite, reconnaître que les hauts et les bas dans le monde ne concernent pas notre moi authentique, ne pas laisser se corrompre les pensées de son cœur : voilà ce que tu penses quand tu dis : "L'accord joyeux avec le Ciel et la connaissance de ses desseins est une raison de n'être pas triste." J'ai étudié jadis les *Poèmes* et le *Canon de l'Histoire*, j'ai corrigé les *Rites* et la *Musique* pensant que ces textes serviraient au gouvernement du monde et seraient utiles aux générations futures. Mon but n'était pas seulement de perfectionner ma propre personne et de gouverner l'État de Lou. Or, dans l'État de Lou, la hiérarchie se désorganise de jour en jour, l'humanité et la justice déclinent et les sentiments naturels se corrompent de plus en plus.

Si ma doctrine ne peut être appliquée dans ce seul pays ni à l'heure actuelle, qu'en sera-t-il dans le monde entier et dans les siècles à venir ? Je commence à me rendre compte que les *Poèmes*, l'*Histoire*, les *Rites* et la *Musique* ne sont d'aucun secours pour nous tirer de la confusion générale. Quant à trouver les moyens d'une régénération authentique, je ne les ai pas trouvés. Voilà la tristesse qu'on ressent malgré notre contentement et la connaissance (que nous avons) des desseins du Ciel. Cependant, j'ai compris quelque chose ! Les motifs de ce qu'on appelle contentement et sagesse, ce n'est pas ce que les anciens appelaient contentement et sagesse. Être sans joie, être sans sagesse, voilà la joie et la sagesse véritables. C'est alors que joie et sagesse existent partout et que partout on ressent de la tristesse quand on agit. Il ne faut pas pour autant rejeter l'étude des classiques, et il ne servirait à rien (non plus) de les réformer. »

Alors, Yen Houei, debout, la face tournée vers le Nord[1], salua le Maître en joignant les mains : « Moi aussi, dit-il, j'ai compris. »

1. Attitude rituelle du sujet face à son seigneur.

Il sortit et conta à Tseu Kong ce qui s'était passé. Ce dernier, dans son émotion, perdit contenance. Il rentra chez lui pour se livrer sans retenue à ses pensées contradictoires. Sept jours durant, il ne dormit ni ne mangea. Il devint maigre comme un squelette. Yen Houei lui rendit souvent visite (pendant cette période) pour lui remontrer ses fautes. Finalement, Tseu Kong regagna l'école de Confucius. Il recommença à jouer des instruments à cordes et à réciter le *Canon de l'Histoire*, sans plus s'interrompre de toute sa vie.

CHAPITRE 2

Les deux saints

Le grand préfet de Tch'en, en mission à Lou, rendit visite au seigneur Chou Souen. Ce dernier affirma : « Nous avons, dans notre royaume, un saint. — N'est-ce pas Confucius ? demanda-t-il. — C'est bien lui, fut la réponse. — Mais comment sait-on qu'il est un saint ? » questionna l'autre. Chou Souen dit alors : « Bien souvent, j'ai entendu Yen Houei dire que K'ong K'ieou peut maîtriser son cœur et faire usage de son corps. » Le grand préfet de

Tch'en dit à son tour : « Nous aussi, nous possédons un saint dans notre royaume. Ne le saviez-vous pas ? »

« Un saint, dit l'autre, et comment s'appelle-t-il ? — Parmi les disciples de Lao Tan, dit le grand préfet, il y a un certain Keng Sang tseu qui a acquis le *Tao* de Lao Tan. Il est capable de voir avec les oreilles et d'entendre avec les yeux. » Le marquis de Lou, en apprenant cela, fut très étonné, et dépêcha vers Keng Sang tseu un haut personnage avec des présents pour l'inviter à venir auprès de lui. Celui-là accepta l'invitation.

Le marquis de l'interroger avec déférence et Keng Sang tseu de répondre : « Ce qu'on vous a rapporté à mon sujet est faux. Je suis capable d'entendre et de voir sans me servir ni des oreilles, ni des yeux, mais je ne puis inverser l'usage de l'un et de l'autre. — Cela est encore plus étrange (rétorqua l'autre) ; je désire vivement apprendre comment cela est possible. »

Le disciple de Lao Tan s'expliqua ainsi : « Mon corps est uni à mon centre, le centre est uni à l'énergie, l'énergie est unie à l'esprit et l'esprit est uni au non-être. Une chose, si menue soit-elle, un ton à peine perceptible, qu'ils soient éloignés par-delà huit déserts ou qu'ils soient tout contre mes yeux, s'ils me concernent, me sont infailliblement connus. Mais j'ignore s'il s'agit d'une perception des sens ou d'une connaissance instinctive : tout ce que je sais, c'est que cette connaissance me vient spontanément. »

Le marquis de Lou fut fort satisfait et conta le lendemain la chose à Confucius, qui sourit sans rien ajouter.

CHAPITRE 3

Qui est saint ?

Le grand intendant de Chang visita K'ong tseu et lui dit : « Êtes-vous un saint ? » K'ong tseu répondit : « Moi, un saint ? Comment oserais-je le prétendre ? Je ne suis qu'un adepte de l'érudition et j'ai quelque savoir. » L'autre répliqua : « Les trois rois étaient-ils des saints ? » K'ong tseu dit : « Les trois rois savaient se servir d'hommes sages et courageux, (mais) étaient-ils des saints ? Je l'ignore. »

L'autre insista : « Les cinq souverains étaient-ils des saints ? » Le maître dit : « Les cinq souverains savaient se servir d'hommes pratiquant les règles de la morale et des devoirs, mais étaient-ils des saints? Je l'ignore.» L'autre de poursuivre : «Les trois empereurs étaient-ils des saints?» K'ong tseu dit : «Les trois empereurs savaient se servir d'hommes qui s'adaptaient aux circonstances. Étaient-ils des saints? Je l'ignore.»

L'intendant, au comble de l'étonnement, dit : «S'il en est ainsi, qui est saint?» Confucius répondit d'un air ému, après une courte pause : «C'est parmi les gens de l'Ouest que se trouve un vrai saint. Il ne dirige rien et il n'y a pas de confusion; il ne parle pas et inspire la confiance. Ne changeant rien, tout marche spontanément. N'est-il pas extraordinaire? Le peuple ne peut pas lui trouver de nom. Cependant j'hésite : est-ce un saint authentique? Encore une fois, je l'ignore.»

Le grand intendant de Chang se tut et pensa dans son cœur : «K'ong K'ieou se moque de moi.»

CHAPITRE 4

K'ong tseu et ses disciples

Tseu Hia interrogea Confucius en ces termes : «Que pensez-vous de Yen Houei?

Quelle espèce d'homme est-il ? » Le philosophe dit : « Pour ce qui est de la bienveillance, il m'est supérieur. »

Tseu Hia dit : « Que faut-il penser de Tseu Kong en tant qu'homme ? — Qu'il me surpasse pour ce qui est du discernement », dit K'ong tseu. « Que pensez-vous de la personnalité de Tseu Lou ? » poursuivit l'autre. Le maître dit : « Il me dépasse par le courage. » « Et Tseu Tchang ? » demanda (Tseu Hia). « Il me surpasse par la prestance », dit le maître.

Le disciple alors se leva en disant : « Comment se fait-il que ces quatre hommes (qui vous sont supérieurs) servent le maître ? » K'ong tseu dit : « Restez assis et je vous expliquerai. Yen Houei a pour vertu la bienveillance, mais il est malhabile dans la controverse. Tseu Kong a du discernement, mais il n'est jamais d'accord avec autrui. Tseu Lou est plein de bravoure, mais il est timide. Tseu Tchang a une allure pétrie de dignité, mais il n'aime pas se mêler aux autres par orgueil. Offrez-moi les qualités de ces quatre hommes en échange des miennes, je les refuserai. C'est pourquoi d'ailleurs, ils me suivent, moi, et pas un autre. »

CHAPITRE 5

Un sage parfait

Quand Lie-tseu devint maître à son tour, lui qui avait été disciple de maître Hou K'ieou-tseu-lin et l'ami de Po Houen Meou-jen, il vint demeurer à Nan kouo (faubourg sud de la ville). Ses disciples affluaient, innombrables, mais il n'en était nullement importuné et disputait chaque jour avec quiconque se présentait, sans se soucier de savoir avec qui il avait affaire. Or, il eut pour voisin Nan kouo tseu pendant plus de vingt ans ; mais les deux hommes n'entretenaient aucune relation et, quand ils se rencontraient, semblaient ne pas se voir. Les disciples en conclurent que les deux maîtres étaient ennemis.

Un jour, un homme vint du pays de Tch'ou et demanda à Lie-tseu la raison de cette inimitié. Ce dernier lui répondit : « Sous une apparence corporelle, Nan kouo tseu cache la perfection du vide, ses oreilles n'entendent pas, ses yeux ne voient pas, sa bouche ne dit mot et son esprit ne pense plus, son extérieur reste toujours impassible. Il est donc inutile d'aller le voir. Cependant, nous pouvons en faire l'expérience. »

Suivis de quarante disciples, ils se rendirent donc chez Nan kouo tseu. Celui-ci était effectivement immobile comme une statue, si bien qu'il fut impossible de lier avec lui aucune conversation. Il jeta sur Lie-tseu un regard, l'air si absent qu'il interdisait tout contact humain. Cependant, il s'adressa soudain aux derniers des disciples et leur déclara : « Je vous félicite de ce que vous cherchez la vérité avec courage. » Ce fut tout. Les disciples s'en retournèrent fort étonnés.

Lie-tseu leur dit : « De quoi vous étonnez-vous ? Quand on a obtenu ce qu'on demandait, pourquoi encore parler ? Ainsi le sage se tait quand il a trouvé la vérité. Le silence de Nan kouo tseu est plus significatif qu'aucune parole. Son air d'indifférence recouvre une science parfaite. Cet homme ne parle ni ne pense plus, car il sait tout. Cela n'a rien d'étrange. »

CHAPITRE 6

L'apprentissage de Lie-tseu

C'était au temps où Lie-tseu était disciple. Il mit trois ans à désapprendre à juger et à qualifier avec des paroles. Alors son maître Lao Chang l'honora pour la première fois d'un regard.

Au bout de cinq ans, il ne jugea, ni ne qualifia plus qu'en pensée. Alors son maître Lao Chang lui sourit pour la première fois. Au bout de sept ans, après que se fut effacée dans son esprit même la distinction entre oui et non, entre l'avantage et l'inconvénient, son maître, pour la première fois, le fit asseoir sur sa natte.

Au bout de neuf ans, quand il eut perdu la notion du juste et de l'injuste, du bien et du mal, relativement à soi et relativement aux autres, quand il devint absolument indifférent à tout, alors en lui s'établit la communion parfaite entre le monde extérieur et son intimité foncière. Il cessa de se servir de ses sens. Son esprit se solidifia, à mesure que son corps se dissolvait, ses os et sa chair se liquéfièrent. Il perdit toute sensation du siège sur lequel il était assis, du sol sur lequel ses pieds prenaient appui. Il perdit l'intelligence des idées formulées, des paroles prononcées.

Il atteignit ainsi à cet état où rien ne lui était plus obscur dans l'ordre naturel.

CHAPITRE 7

Voyage et contemplation

À ses débuts, maître Lie-tseu aimait voyager. Hou K'ieou-tseu lui dit : «Yu-k'eou aime voyager. Que peut-on aimer dans le voyage?» Lie-tseu répondit : «La joie du voyage réside dans la nouveauté. Mais alors que les autres voyagent pour regarder le spectacle de la nature, moi, je voyage pour contempler ses changements. Ah! le voyage, qui a jamais su ce qu'est le vrai voyage!» Hou K'ieou-tseu répliqua : «Ta manière de voyager est au fond identique à celle des autres et pourtant, tu prétends qu'elle est d'une autre sorte. Tout le monde dans le spectacle qu'il considère voit constamment le changement. Tu te réjouis de la nouveauté des choses, sans savoir que notre moi, lui aussi, se renouvelle constamment. Or, celui qui voyage n'est attentif qu'à la surface des choses; il est incapable d'attention pour sa vie intérieure. Le voyageur, attentif au monde extérieur, cherche la perfection dans les choses. Celui qui prête attention à sa vie intérieure est comblé dans son être propre. Trouver la satisfaction dans son être propre, c'est l'aboutissement suprême du voyageur. Par contre, chercher la plénitude dans les choses, c'est ne pas atteindre le but suprême du voyage. »

Après cet entretien, Lie-tseu ne sortit plus de toute sa vie. Il s'estimait incapable de voyager.

Hou K'ieou-tseu dit : « Quel est le but suprême du voyageur ? Le but suprême du voyageur est d'ignorer où il va. Le but suprême de celui qui contemple est de ne plus savoir ce qu'il contemple. Chaque chose, chaque être est occasion de voyage, de contemplation.

Voilà ce que j'appelle voyager, voilà ce que j'appelle contempler. C'est pourquoi je dis : Voyage en fonction du but suprême ! »

CHAPITRE 8

Sage sans le savoir

Long Chou s'adressa à Wen Tche et dit : « Votre art est subtil et j'ai une maladie. Pouvez-vous la guérir ? » Wen Tche dit : « Je suis à votre disposition, mais j'attends que vous m'indiquiez les signes de votre maladie. » Long Chou s'expliqua : « La louange de mes concitoyens ne me procure pas la satisfaction de l'honneur et je ne ressens pas de la honte à cause de leur blâme. Le gain ne me réjouit pas et la perte ne m'afflige pas. Je considère la vie à l'égal de la mort et la richesse à l'égal de la pauvreté. Quant aux humains, ils me paraissent valoir autant que des porcs et moi-même je me considère comme les autres. Je vis au sein de ma famille comme un voyageur à l'auberge. Ma patrie est pour moi comme un pays étranger. À l'encontre de ces défauts, dignités et récompenses sont sans effet ; blâmes et châtiments ne m'effraient pas ; grandeur et décadence, profits et pertes n'y feraient rien, non plus que les deuils et les joies. C'est pourquoi je n'ai aucune aptitude à servir le prince ni à entretenir des rapports normaux avec mes parents et mes amis, avec ma femme et mes enfants, et je gouverne mal mes domestiques. De quelle sorte de maladie suis-je affligé et comment m'en guérir ? »

Wen Tche fit tourner Long Chou le dos à la lumière et lui-même se mit derrière son patient pour examiner sa silhouette qui se découpait dans la lumière. Il dit alors : « Je vois bien votre cœur : c'est un pouce carré de vide ! Vous êtes presque comme un saint (*cheng-jen*). Six ouvertures de votre cœur sont parfaitement libres et une seule ouverture reste fermée[1]. Par le temps qui court, on tient la sainte sagesse pour maladie. Sans doute, est-ce là votre maladie. À cela, je ne connais pas de remède. »

CHAPITRE 9

[*Inséré dans le VIIe Livre — chapitre 24.*]

CHAPITRE 10

Poème

*Avant que l'œil ne perde (sa capacité) de voir,
il verra jusqu'à un poil de duvet.*

1. D'après la théorie chinoise, le cœur avait sept ouvertures, mais ce n'est que chez le saint qu'elles n'étaient pas obstruées ; chez le commun des mortels, elles étaient bouchées en nombre plus ou moins grand.

Quand l'oreille approche de la surdité,
elle entend voleter un menu insecte.
Avant que la bouche ne s'affadisse
en buvant, elle distingue l'eau de chaque source.
Avant que le nez ne soit bouché,
il est sensible à l'odeur du bois sec.
Avant que le cœur ne s'ankylose,
il est d'une extrême agilité.
Il reconnaît sans difficulté ce qui est et ce qui n'est
*   pas.*
Seul ce qui n'est pas poussé à l'extrême
ne connaît pas de retour.

CHAPITRE 11

Maîtres ou serviteurs

Dans la campagne de Tcheng vivaient beaucoup d'anachorètes. À Tong-li, par contre, on trouvait de nombreux hommes d'État, fort actifs. Parmi les dévots de ces anachorètes, on remarquait Pei Fong-tseu. Comme il passait par Tong-li, il rencontra Teng Si. Ce dernier, se tournant vers un de ses disciples qui l'accompagnaient, s'exclama en souriant : « Si nous tournions un peu en ridicule celui qui nous arrive justement. »

Les disciples dirent : « Voilà précisément ce que nous aimerions voir. » Teng Si alors se tourna vers Pei Fong-tseu et l'interrogea : « Connaissez-vous les devoirs qui découlent de la satisfaction de nos besoins ? Recevoir leur nourriture tout en étant incapables de se nourrir eux-mêmes, c'est le propre des chiens et des porcs. Les bêtes que nous nourrissons, c'est pour notre usage et elles dépendent des hommes. Si vos compagnons peuvent manger à satiété, s'ils peuvent se vêtir sans difficulté, c'est grâce à l'action des dirigeants de l'État. D'autre part, si jeunes et vieux vivent en troupeau, serrés (la nuit) dans des étables, en quoi se différencient-ils des bêtes (qu'on prépare pour) la boucherie, des chiens et des porcs ? »

Pei Fong-tseu ne répondit rien, mais un de ses disciples se fraya un passage et se mit devant pour déclarer : « Le grand maître n'a-t-il pas entendu qu'il existe beaucoup de métiers à Ts'i et à Lou ? On trouve là des gens habiles aux travaux de la terre et du bois, du métal et du cuir. Il y a des savants en musique, en écriture et en calcul. Il y a des gens expérimentés dans l'art de la guerre et d'autres qui sont aptes au service du temple. Tous les talents y sont au complet. Seulement ces gens intelligents n'occupent pas les postes importants, ils ne dirigent pas. Ceux qui mettent les dirigeants en place et leur commandent, ce sont des ignorants et des incapables, mais ce sont eux qui dirigent les intelligents et les capables : ainsi, c'est nous autres qui faisons marcher nos dirigeants ! Ne faites donc pas les fiers ! » Teng Si ne trouva rien à répondre. Il jeta un coup d'œil à ses disciples et se retira.

CHAPITRE 12

L'athlète qui déçoit

Parmi les princes feudataires, le comte Kong Yi était célèbre par sa force. Le duc T'ang K'i le dit au roi Siuan de Tcheou. Le roi fit préparer des cadeaux et convoqua le comte. Kong Yi vint. À voir son corps, il paraissait débile. Le roi Siuan fut en lui-même saisi de doute, et il fit part de ses soupçons. « Qu'en est-il de ta force ? » demanda-t-il. Kong Yi répondit : « Ma force me permet de briser la cuisse d'une sauterelle de printemps, et je suis capable de porter les ailes d'une cigale d'automne. » Le roi rougit (de colère) et dit : « Mes gaillards peuvent déchirer le cuir d'un rhinocéros, traîner par la queue neuf taureaux, et ils me semblent encore trop faibles. Toi, tu brises la cuisse d'une sauterelle de printemps et tu supportes les ailes d'une cigale d'automne, et le monde entier parle de ta force. Qu'est-ce à dire ? »

Le comte Kong Yi respira profondément, se leva de sa natte et dit : « Ta question vient justement à point, ô roi. J'oserai te dire toute la vérité : mon maître était un homme du nom de Chang K'ieou. Personne sur terre ne pouvait égaler sa force et pourtant, même ses proches parents l'ignoraient, parce qu'il ne fit jamais usage de sa force. Et moi, je le servis jusqu'à sa mort. Il me dit une fois : celui qui désire voir les choses extraordinaires doit observer les choses que les autres ne daignent même pas regarder. Celui qui désire atteindre l'inaccessible doit pratiquer ce que les autres négligent. Que celui qui s'exerce dans la contemplation regarde d'abord un char à foin. Que celui qui s'exerce à écouter soit attentif d'abord aux sons des cloches. Ce qui est facile à réaliser intérieurement n'est pas difficile à réaliser au-dehors. D'ailleurs celui qui ne rencontre pas de difficultés à l'extérieur, sa renommée ne s'étend pas au-delà de sa propre maison. Que mon nom soit connu parmi les princes montre que j'ai transgressé les enseignements de mon maître en révélant mes capacités. Cependant, mon nom ne repose pas sur le fait que j'ai mésusé de ma force, mais sur le fait que je sais l'employer. N'est-ce pas mieux ainsi que d'abuser de sa force ? »

CHAPITRE 13

Sophismes (résumé)

[Ce chapitre est un exposé, sous forme de dialogue, de quelques paradoxes du sophiste Kong-souen Long (fin du IVe siècle avant J.-C.). L'œuvre de ce dernier ne nous est connue que par des fragments. Les paradoxes conservés ici n'ont d'intérêt que dans une étude d'ensemble de la sophistique chinoise ; certains semblent d'ailleurs n'être que des jeux purement verbaux. Le paradoxe « un cheval blanc n'est pas un cheval » est le plus célèbre et est souvent cité. On trouvera les textes de la sophistique chinoise, ainsi qu'une traduction, une préface et des notes dans : Ignace Kon Pao Koh, *Deux sophistes chinois, Houei Che et Kong-souen Long,* Paris, P.U.F., 1953.]

CHAPITRE 14

Vox populi

Yao gouvernait le monde depuis cinquante ans, sans savoir si celui-ci était en ordre ou non, et si les centaines de mille, les millions de (gens) désiraient encore supporter son pouvoir ou non. À ce propos, il interrogea son entourage, mais celui-ci ne put lui donner aucune réponse. Il interrogea ceux qui venaient de l'extérieur à sa cour ; eux non plus ne trouvaient rien à dire. Il interrogea ceux qui (travaillaient) dans les champs, et les paysans ne trouvèrent aucune réponse.

Alors Yao revêtit des habits simples et se mit à voyager. À K'ang k'iu, il entendit des enfants chanter une ballade qui disait : « Seule, votre extrême bienveillance a procuré de la nourriture pour tout le peuple et (celui-ci) est dans l'oubli, et il ignore qu'il doit se conformer à la volonté de l'empereur. »

Yao très satisfait demanda : « Qui vous a appris cette chanson ? » Les jeunes gens répondirent : « Nous l'avons apprise du grand préfet. » Il demanda alors à ce dernier ce qu'il en était et celui-ci dit : « C'est une très vieille chanson. » Yao regagna son palais et y convoqua Chouen pour le charger du gouvernement de l'empire et Chouen accepta[1].

CHAPITRE 15

Les paroles de Yin Hi

Kouan Yin Hi dit : « Les formes et les choses se manifestent à celui qui n'est pas attaché à son être propre. Dans ses mouvements, il est comme l'eau ; dans son repos, il est comme un miroir et dans ses réponses, il est comme l'écho. C'est pourquoi le *Tao* est une fidèle image des choses : (quoique) les choses s'opposent au *Tao*, le *Tao* ne s'oppose pas aux choses.

Celui qui est aussi bon que le *Tao* n'a pas besoin d'oreilles ni d'yeux. Il ne fait usage ni de sa force ni de sa conscience. Par contre, si quelqu'un cherche le *Tao* par la vue et par l'ouïe et s'il aspire après lui avec son corps et sa conscience, il ne le cherche pas convena-

---

1. Selon l'histoire traditionnelle, Yao céda l'empire à Chouen. Ces deux souverains, également légendaires, sont des modèles de vertu confucéenne.

blement. Il (le cherche réellement) en fixant son regard droit devant lui, sans s'apercevoir qu'il est déjà derrière (lui). Quand on emploie (le *Tao*), il remplit tout le vide ; quand on le met de côté, on ne le retrouve plus.

Il n'est pas assez loin pour qu'on ait besoin d'une recherche rigoureuse pour le trouver ; mais il n'est pas assez proche pour qu'on puisse le découvrir par hasard.

C'est en silence qu'on l'atteint ; seul, celui dont la nature atteint la perfection peut l'atteindre. Le sage qui oublie ses passions, celui qui n'utilise pas ses talents, ceux-là ont le vrai savoir et le vrai pouvoir. Celui qui amène en soi-même l'abolition de toute connaissance, comment peut-il encore se passionner ? Celui qui se révèle amoindri dans ses talents, comment pourrait-il encore agir ?

Quant à celui qui recueille des choses précieuses, c'est comme s'il accumulait de la poussière ; même s'il évite l'action, ses principes restent faux. »

Livre sixième

SUR LE DESTIN

CHAPITRE 1

Nature et destin

Li (*force de la nature*), s'adressant à Ming (*destin*), dit : « Les effets de ton activité ne peuvent se comparer aux miens. » Ming répliqua : « Quelle est ton efficacité sur la nature, que tu aies envie de te comparer à moi ? » Li rétorqua : « La longévité et la mort prématurée, la réussite et l'échec, la noblesse et la bassesse, la richesse et la pauvreté, tout cela est en mon pouvoir. » Ming dit : « La sagesse de l'ancêtre P'eng ne dépassait pas celle de Yao et de Chouen, et cependant il atteignit l'âge de huit cents ans. Les talents de Yen Yuan ne furent pas moindres que ceux de la majorité des humains, et il est mort à trente-deux ans. La vertu de Confucius n'était pas moindre que celle des princes feudataires, et cependant on connaît les périls qu'il rencontra à Tch'en et à Ts'ai. La conduite de Tcheou Sin, de Yin, ne fut pas meilleure que celle des "Trois Parfaits"; cependant il était installé sur le trône. Ki Tcha, digne d'obtenir le fief de Wou, ne l'a pas obtenu, tandis que l'assassin Heng détenait le pouvoir à Ts'i. Yi et Ts'i moururent de faim sur le mont Cheou yang et la maison néfaste de Ki devint plus prospère que Tchan K'in. Si tout cela est rendu possible par ton seul pouvoir (dis-moi) Li, pourquoi donnes-tu à l'un la longévité et à l'autre une mort prématurée? Pourquoi les bons échouent-ils et les méchants prospèrent-ils? Pourquoi abaisses-tu les sages et honores-tu les fous? Pourquoi la pauvreté à ceux qui ont du mérite et la richesse aux méchants?» Li répondit : «Si les choses sont comme tu le dis, alors je n'ai aucune influence sur la nature. Si telles sont les dispositions de la nature, n'est-ce pas toi qui l'as faite?» Ming dit : «Mon nom est *ming* (destin); comment peut-on encore parler de gouverner? Je pousse en avant ce qui est droit, je supporte ce qui est tors. La nature produit également la longévité qui jaillit de son fond propre, la vie brève qui vient d'elle-

même, l'échec et la réussite, les honneurs et
une humble condition. Cela je ne peux pas le
connaître, cela je ne peux pas le connaître. »

CHAPITRE 2

Pai Kong et Si Men

Pai Kong dit à Si Men[1] : « Je suis de la même
génération que toi, mais c'est toi que les
hommes favorisent. Nous sommes du même
clan, mais c'est toi que les hommes honorent.
Nous avons le même visage, mais c'est toi que
les hommes aiment. Nos discours sont iden-
tiques, mais ce sont tes paroles que les hommes
mettent en pratique. Nos actions sont semblables, mais les gens n'ont confiance qu'en
toi. Nous avons le même emploi et c'est toi
qu'on estime. Nous labourons la même terre
et c'est toi que la population enrichit. En
affaires également, les hommes te font gagner
de l'argent. Moi, mes habits sont de laine grossière ; je me nourris de pain noir ; j'habite une
cabane couverte de chaume et, si je pars en

1. Pai Kong : « Demeure du Nord » ; Si Men : « Porte de
l'Ouest ».

voyage, c'est à pied. Quant à toi, tu t'habilles
de soie avec élégance, tu manges du riz et de
la viande ; tu habites de vastes demeures et tu
voyages dans un attelage tiré par quatre chevaux. Dans ma famille, tu me tournes en ridicule et à la cour, tu es distant et fier envers moi.
On ne se rend plus visite, nous ne voyageons
plus ensemble, et il en est ainsi depuis plusieurs années. Mais m'es-tu vraiment si supérieur en vertus ? » Si Men répondit : « Je ne sais
pas ce qu'il en est réellement. Toi, tu t'affaires
sans résultat. Moi, je m'affaire et je réussis. Ne
serait-ce pas la preuve d'une différence entre
une nature riche et une nature débile ? Quand
tu prétends m'égaler en tous points, cela vient
d'un esprit obtus. »

Pai Kong-tseu ne sut que répondre ; il s'en
retourna chez lui confus. En chemin, il rencontra le maître Tong Kouo. Celui-ci lui dit :
« D'où reviens-tu ainsi d'un air soucieux et
humilié ? » Pai Kong-tseu lui raconta l'affaire.
Tong Kouo dit : « Je vais te laver de l'affront
que tu as reçu. Retournons ensemble chez Si
Men. » Une fois chez ce dernier, le maître l'interrogea : « Pourquoi as-tu couvert Pai Kong-
tseu de tant de honte ? Dis-le sans ambages. »
Si Men-tseu s'expliqua ainsi : « Pai Kong pré-
tend qu'en âge, selon les liens du sang, par le

visage, les paroles et les actes, il est mon égal ; mais que je le surpasse pour ce qui est des honneurs et des richesses. Sur quoi, je lui ai répliqué : la cause réelle, je l'ignore, mais tu t'affaires sans résultat ; quant à moi, je m'affaire et je réussis ; ne serait-ce pas la preuve d'une différence entre une nature riche et une nature débile ? Et quand tu prétends m'égaler, cela vient d'un esprit obtus. »

Tong Kouo répliqua : « Quand tu parles de richesse ou de débilité de vos natures, tu l'entends des vertus et des talents. Pour ma part, je conçois tout autrement le fait d'être riche ou dépourvu de moyens. Pai Kong est riche de sa vertu et il a un destin malchanceux. Toi, le destin t'est favorable, mais tu es pauvre en vertus. Ta réussite n'est pas le résultat de ta sagesse, et l'échec de Pai Kong n'est pas dû à la sottise. Tout est l'effet du Ciel et non de l'homme. Que tu te vantes de la générosité du destin à ton égard et que Pai Kong rougisse de l'abondance de ses vertus, c'est le résultat de votre double ignorance des lois naturelles. »

Si Men implora : « Maître, arrêtez ! Je ne prononcerai plus de paroles inconsidérées. »

Rentré chez lui, Pai Kong-tseu mit son manteau de laine grossière. Il eut aussi chaud que si c'était du renard et du blaireau. Il mangea

ses herbes et ses légumes, qui lui parurent
aussi bons que le riz le plus fin. Dans sa chau-
mière, il se sentait maintenant comme dans
un vaste palais. Son char à foin lui était devenu
aussi agréable qu'un carrosse. Il retrouva sa
joie de vivre sans plus savoir si la honte ou
l'honneur était de son côté ou du côté de
l'autre.

Maître Tong Kouo ayant appris ce changement dit : « Pai Kong-tseu a dormi longtemps,
mais une seule parole a suffi pour le réveiller.
Hélas ! on peut facilement le déconcerter ! »

CHAPITRE 3

Kouan Tchong, Pao Chou-ya,
leur amitié et le destin

Kouan Yi-wou et Pao Chou-ya étaient des
amis et manifestaient l'un pour l'autre une
grande affection. Tous deux vivaient à Ts'i.
Kouan Yi-wou était au service du prince Kieou
et Pao Chou-ya au service du prince Siao Po.

Or, à la cour de Ts'i, il y avait beaucoup de
favorites, les fils des concubines étaient traités
comme les princes légitimes, et le peuple y
voyait une cause de troubles. Kouan Tchong et

son collègue Chao Hou prirent les devants en
se retirant avec le prince Kieou dans l'État voisin de Lou. Pao Chou-ya, pour le même motif,
se réfugia avec le prince Siao Po dans l'État de
Kiu. À la mort du duc régnant, un de ses
petits-fils, Wou Tche, provoqua des troubles
contre le successeur légitime, Siang. À son
tour, l'usurpateur fut massacré par le peuple
révolté. Ts'i était sans prince régnant, et les
deux frères entrèrent en compétition pour le
trône.

Kouan Yi-wou combattit le prince Siao Po
sur la route de Kiu ; il atteignit le prince d'une
flèche dans la boucle de sa ceinture. Quand
Siao Po fut intronisé comme duc de Ts'i, il fit
pression sur le prince de Lou pour qu'il tuât
le prince Kieou. Quant à Chao Hou, un des
ministres de celui-ci, il périt avec lui. Kouan
Yi-wou fut incarcéré.

Or, Pao Chou-ya parla en ces termes au duc
Houan : « Kouan Yi-wou a la capacité de diri-
ger l'État. » Le duc répliqua : « C'est mon
ennemi et je désire sa mort. » L'autre insista :
« J'ai entendu dire que la rancune est indigne
d'un vrai prince. D'ailleurs, celui qui est
capable d'être son propre maître peut aussi
être celui du royaume. Vous qui désirez devenir un souverain puissant (sachez-le), sans

Kouan Yi-wou vous n'y arriverez pas. Aussi, libérez-le. » Cependant, le duc exigea que Kouan Tchong lui fût livré. L'État de Lou obtempéra et le livra sur-le-champ. Comme celui-ci faisait route vers Ts'i, Pao Chou-ya alla à sa rencontre et lui ôta les chaînes. Quant au duc Houan, il lui fit des présents, l'établit dans un rang supérieur à celui des familles Kao et Kouo et Pao Chou-ya lui-même était son subordonné. L'administration tout entière lui fut confiée et il reçut le titre de Tchong fou.

Dans la suite, le duc Houan devint hégémon dans son pays, et Kouan Tchong dit en soupirant : « Dans ma jeunesse, alors que j'étais très pauvre, j'ai fait des affaires, de concert avec Pao Chou-ya. Au moment du partage des profits, je me suis approprié la meilleure part. Pao Chou-ya, cependant, ne me tint pas pour un homme avide ; il mettait cela au compte de ma pauvreté. Avec lui, j'ai échafaudé des projets et récolté des échecs : Pao Chou-ya ne m'a pas considéré pour autant comme un incapable, car il savait que la réussite ou l'échec dépend des circonstances. Trois fois, j'ai été en fonction, trois fois j'ai été chassé : mon ami ne m'a pas cru pour autant inapte à tout emploi, il savait que je n'avais pas encore trouvé l'instant favorable. J'ai participé à trois batailles et trois fois j'ai tourné le dos à l'ennemi : Pao Chou-ya n'a pas vu en moi un lâche, il savait que j'ai une vieille mère. Après la défaite du prince Kieou, Chao Hou suivit son maître dans la mort. Moi, jeté dans un cachot obscur, j'ai subi la honte et la disgrâce. Pao Chou-ya ne m'a toujours pas tenu pour un homme sans honneur : il savait que je n'avais cure des bagatelles et que j'estimais pour seule disgrâce de ne pouvoir me faire un nom dans le monde. Mes parents m'ont donné la vie, mais c'est Pao Chou-ya qui me connaît. »

Notre temps loue Kouan et Pao comme des amis exemplaires et le prince Siao Po d'avoir su prendre à son service des hommes de talent. En réalité, la louange de cette fidèle amitié et de l'emploi des hommes de valeur est injustifiée. Que Chao Hou ait mis fin à ses jours, il ne pouvait pas ne pas le faire. Que Pao Chou ait recommandé le plus digne : ce n'était pas là un choix libre, il ne pouvait que recommander Kouan Tchong. Que Siao Po ait pris un ennemi à son service, ce n'est pas là (non plus) un acte libre, il ne pouvait employer personne à sa place.

Kouan Tchong étant tombé malade, Siao Po l'interrogea : « La maladie du père Tchong est sérieuse ! mais il n'y a pas lieu d'être inquiet.

Cependant si votre état s'aggravait, à qui pour-rais-je confier l'État ? » Yi-wou demanda : « À qui songe le duc ? » Siao Po dit : « Pao Chou-ya est-il l'homme qui convient ? » Kouan Tchong dit : « Il n'en est pas capable. Il se conduit comme un bon et honnête lettré. Ceux qui ne l'égalent pas, il ne les considère pas comme des hommes. Apprend-il que quelqu'un a com-mis une faute ? Il ne peut l'oublier de toute sa vie. Si on lui confie la direction de l'État, il créera en haut des complications pour le prince et, en bas, il rendra le peuple rebelle et mécontent. Il ne tardera pas à se rendre cou-pable à l'égard du prince. » Siao Po s'enquit : « Qui peut (dans ces conditions) répondre à notre appel ? » L'autre répondit : « Personne, sauf Si P'ong. C'est un homme qui, sachant ne pas faire sentir sa présence au pouvoir, ne sus-cite dans le peuple aucune opposition. Il rou-git quand il n'égale pas Houang ti et se montre compatissant envers ceux qui ne l'égalent pas lui-même. Il sait partager ses vertus avec les autres : c'est un saint ; il sait partager ses richesses avec les autres : c'est un sage. Jamais on n'a conquis les hommes en se croyant plus sages qu'eux ; on les conquiert sûrement en se présentant comme moins sage qu'eux. Dans l'État comme dans sa propre famille, Si P'ong ne se fait pas valoir. C'est donc lui qui sera sûrement le plus digne de gouverner l'État. »

Il s'ensuit que Kouan Yi-wou n'a pas voulu délibérément rabaisser Pao Chou-ya, mais il n'a pu faire autrement ; il n'avait pas de préférence pour Si P'ong, mais il ne pouvait pas ne pas le préférer. Il arrive que celui qu'on a d'abord préféré est négligé par la suite, ou bien que celui qu'on a d'abord négligé finit par l'emporter. La valeur des êtres change, et cela ne dépend pas de nous.

CHAPITRE 4

Teng Si et Tseu Tch'an

Teng Si pratiquait (l'art) de l'équivoque. Il composait des plaidoyers fallacieux. Au temps où Tseu Tch'an administrait l'État, il composa un code gravé sur le bambou qui était en usage à Tcheng. Il critiqua souvent le gouvernement de Tseu Tch'an, qui commença par s'incliner, mais bientôt le fit arrêter, puis mettre à mort.

Cependant, ce n'est pas que Tseu Tch'an fût capable d'employer le « code de bambou ». Il ne pouvait pas ne pas l'employer. Il est faux (de

dire) que Teng Si pouvait obliger Tseu Tch'an
à s'incliner : il ne pouvait en être autrement. Il
est faux (de dire) que Tseu Tch'an pouvait tuer
Teng Si, il ne pouvait pas ne pas le tuer.

CHAPITRE 5

Hasard et bonheur

Quand on a la possibilité de vivre et que l'on
vit, c'est un bonheur accordé par le ciel.
Quand vient le temps de la mort et que l'on
meurt, c'est un bonheur accordé par le ciel. Si
l'on peut vivre et que l'on ne vit pas, c'est un
châtiment du ciel. Si l'on devait mourir et que
l'on ne meure pas, c'est un châtiment du ciel.

Si quelque chose peut vivre ou mourir et
qu'il obtienne l'un ou l'autre, c'est affaire de
destin. Si quelque chose ne peut pas vivre ou
mourir et qu'il obtienne l'un ou l'autre, c'est
affaire de destin.

Ce qui fait que la vie est réellement la vie,
et la mort réellement la mort, cela ne dépend
ni du monde extérieur, ni de nous-mêmes, car
tout est destin. Comprendre ce mystère est
impossible.

C'est pourquoi il est dit :

*Le Tao du ciel est caché, on ne le rencontre nulle
   part,
il est uni, indifférent comme le désert.
Le Tao du ciel plane partout.
La terre et le ciel ne peuvent pas le violer.
Les saints et les sages ne peuvent rien contre lui.
Les esprits et les démons ne peuvent pas le tromper.
Ce « soi-même » achève tout en silence.
Il tient tout en équilibre et en repos, il va droit
   devant lui.*

[*Les chapitres 6, 7 et 8 sont intercalés
dans le livre VII, chapitres 25, 26, 27.*]

CHAPITRE 9

Une citation du livre de Houang ti

Dans le livre de Houang ti, il est dit :
« L'homme parfait est comme mort. Se meut-
il ? C'est comme s'il était entravé. Il ignore
pourquoi il est ici-bas et aussi pourquoi il ne
serait pas ici-bas. Il ignore pourquoi il se meut
et pourquoi il ne bougerait pas. Sous le regard
des hommes, il ne change pas son comporte-

ment extérieur. Il ne change pas davantage ce comportement quand il est à l'abri du regard d'autrui.

Solitaire, il s'en va et il vient ; solitaire, il sort et il rentre. Qui peut s'opposer à ses démarches ? »

CHAPITRE 10

Les quatre caractères

Quatre espèces d'hommes se mêlent dans le monde : les rusés et les simples, les circonspects et les agités. Tous suivent leur manière d'être jusqu'à la fin de leur vie sans se comprendre. Et chacun estime qu'il a atteint la plus profonde sagesse.

Quatre espèces d'hommes se mêlent dans le monde : les discoureurs adroits et les simples d'esprit, les niais et les serviles. Tous suivent leur manière d'être jusqu'à la fin de leur vie sans jamais se fréquenter. Chacun considère son attitude comme la plus subtile.

Quatre espèces d'hommes se mêlent dans le monde : les malicieux et les impudents, ceux qui ont un jugement hâtif et les railleurs. Tous suivent leur manière d'être jusqu'à la fin de leur vie. Ils ne s'éveilleront jamais les uns les autres à la connaissance vraie et chacun croira être maître de ses talents.

Quatre espèces d'hommes se mêlent dans le monde : les hypocrites et les importuns, les impavides et les hésitants. Tous suivent leur manière d'être jusqu'à la fin de leur vie. Ils ne se font aucune critique, mais chacun tiendra sa voie pour la meilleure.

Quatre espèces d'hommes se mêlent dans le monde : les mondains et les solitaires, les tyranniques et les volontaires. Tous suivent leur manière d'être jusqu'à la fin de leur vie. Ils ne daigneront pas se jeter même un regard, car chacun croit marcher avec son temps.

Voilà la conduite de la foule et son aspect est multiforme. Tous, cependant, suivent la voie du destin.

CHAPITRE 11

L'erreur naît de la ressemblance

Ce qui est presque achevé paraît achevé, mais ne l'est pas dans son principe. Ce qui est presque manqué paraît manqué, mais ne l'est pas dans son principe. De là naît la confusion entre (les éléments) semblables. Celui qui peut distinguer d'une façon sûre le semblable (de son semblable) ne craint pas le malheur extérieur et ne se réjouit pas du bonheur intérieur.

Agir en temps opportun, s'arrêter en temps voulu, c'est ce que ne savent pas faire les plus sages.

Celui qui se fie au destin a les mêmes sentiments vis-à-vis d'autrui que de soi-même. Celui qui professe des sentiments différents pour soi et pour autrui ne peut pas se comparer à celui qui a les yeux bandés, les oreilles bouchées et qui, au bord d'un rocher escarpé, face à un précipice, pourtant n'y tombe pas.

C'est pourquoi il est dit : « La mort et la vie ont leur source dans le destin. La pauvreté et la malchance dépendent des circonstances. Se plaindre d'une vie achevée prématurément, ce n'est pas tenir compte du destin. Se plaindre de la pauvreté et de la malchance, c'est ignorer le fait des circonstances. »

Celui qui ne craint pas la mort et qui ne s'afflige pas de la pauvreté connaît le destin et s'adapte aux circonstances.

Ceux qui possèdent une grande sagesse évaluent le gain et la perte. Ils jugent de l'apparence et de la réalité (des choses) et ils apprécient les sentiments des hommes. Alors, ils atteignent leur but à moitié, mais l'autre moitié leur échappe.

Les hommes de peu de sagesse évaluent mal le gain et la perte. Ils ne différencient pas l'apparence de la réalité. Ils n'apprécient pas les sentiments des hommes. Alors, ils atteignent leur but à moitié, mais l'autre moitié leur échappe. Où est la différence entre bien évaluer et mal évaluer, entre bien juger et mal juger? Seul, l'homme qui n'évalue rien évalue tout. Il atteint la perfection sans subir de perte, cependant il ignore la perfection, et ce que c'est que la perte.

Bref, la perfection, le non-être et la perte découlent de soi-même.

CHAPITRE 12

Le duc de Ts'i et la mort

Le duc King de Ts'i se promenait sur le mont Ni wou. Comme il approchait par le côté nord de la capitale de son royaume, il versa des larmes : « Oh! comme tu es beau mon pays! dit-il, luxuriant, luisant trempé par la rosée. Devrai-je te quitter pour mourir? Oh!

pourquoi la mort existe-t-elle ? Si mon humble personne doit quitter ces lieux, où ira-t-elle ? »

L'annaliste K'ong et Liang K'ieou-kouei qui étaient présents l'imitèrent, et ils dirent en sanglotant : « Nous dépendons de la grâce du prince pour notre nourriture faite de légumes et d'un peu de viande. Quant à notre attelage, c'est un char tiré d'une remise, (conduit) par une jument fatiguée. Cependant, nous ne désirons pas mourir. Combien la vie doit-elle être chère à notre prince ! »

Yen tseu, seul, se mit à sourire. Le duc essuya ses larmes, regarda Yen tseu et dit : « Aujourd'hui, nous avons fait une promenade qui nous a rendus tristes. K'ong et les autres nous ont assisté. Ils ont pleuré avec nous. Toi seul tu ris, pourquoi ? »

Maître Yen dit : « Si les hommes éminents pouvaient se conserver pour toujours en vie, le Grand Duc et le duc Houan seraient encore là. Si les hommes courageux pouvaient se conserver pour toujours en vie, alors les ducs Tchouang et Ling seraient encore là. Si tous ces princes vivaient encore, notre prince habillé d'un manteau de jonc, avec un couvre-chef de paille, végéterait au milieu des champs. Dans un état aussi humble, vous n'auriez même pas eu le loisir de songer à la mort.

D'ailleurs, comment eût-il été possible que notre prince montât sur le trône ? Grâce à l'alternance (qui nous) fait résider ici-bas et puis quitter cette condition, votre tour est arrivé de devenir prince. Que vous versiez à cause de cela des larmes, prouve que le sens de l'humain vous est étranger.

J'ai vu un prince qui ne possédait pas le sens de l'humain, et j'ai vu des serviteurs qui le flattaient en parlant selon ses désirs. Voyant cela, votre sujet s'était permis de sourire à part soi. »

Le prince de King eut honte. Il leva la coupe pour se punir soi-même et, pour punir ses deux serviteurs, à chacun il ordonna de boire deux coupes de vin.

CHAPITRE 13

Comme avant

Parmi les gens de Wei vivait un homme du nom de Wou, de Tong-men. La mort de son fils ne l'affligea en aucune façon. L'intendant de sa maison lui dit : « Nulle part dans le monde, on ne trouverait personne qui aimât autant que vous votre fils et, maintenant qu'il est mort, vous n'en ressentez aucune tristesse. Est-ce possible ? »

Wou de Tong-men dit : « Il y eut un temps où je n'avais pas de fils : à cette époque, je ne ressentais aucune tristesse. Maintenant mon fils est mort : je suis revenu de nouveau au temps où je n'avais pas d'enfant. Pourquoi serais-je triste ? »

CHAPITRE 14

Volonté et destin

Le laboureur fait son profit des saisons. Le marchand apprécie le gain. L'artisan est à la recherche d'artifices particuliers. Quant au fonctionnaire, il se pousse en avant. C'est ainsi que se manifestent les tendances de la volonté.

Or, le lot du laboureur est l'eau et la sécheresse. Le lot du marchand est le profit ou la perte. Le lot de l'artisan est l'achèvement (de son œuvre) ou sa ruine, et le fonctionnaire dépend d'un jeu de circonstances. C'est ainsi que se manifeste le destin.

Livre huitième

DISCOURS
SUR LES CONVENTIONS
ET LE DESTIN

DISCOURS SUR
LES CONVENTIONS ET LE DESTIN

[*Ce titre est une paraphrase un peu libre de l'expression* chouo-fou. *Si l'on voulait traduire plus littéralement, il faudrait dire :* « *expliquer la tablette en bambou, qui, partagée de façon conventionnelle, servait de diplôme, de contrat, etc.* » (*Les dictionnaires*).

On divisait un bâton ou une tablette en bambou en deux parties, de façon que, chacune des deux personnes intéressées gardant une partie, on pût joindre celles-ci quand il fallait confronter les porteurs des deux parties. On lit dans le Che ki (*Mémoires historiques de Se-Ma Ts'ien*) : « *Houang ti réunit les deux parties de chacune des tablettes des princes sur le mont Fou. Il vérifia l'authenticité de ces diplômes en réunissant la partie gauche qu'il avait conservée avec la partie droite qu'il avait confiée aux princes* » (*section* Wou ti-ki). *Autre exemple :* « *Aux portes et aux barrières, on emploie les permis délivrés par les officiers. Ces tablettes qu'on divisait en deux, et dont la partie gauche restait entre les mains des officiers...»* (Tcheou-li, *Ti koan et Tchang tsie*).

Ainsi, ce livre veut se rapporter à une série de phénomènes ou de problèmes particuliers qu'il faut compléter par la réflexion et (la connaissance du Tao*) comme on joint un morceau d'une tablette à l'autre pour savoir déchiffrer le message qu'elle porte.*]

CHAPITRE 1

L'homme et son ombre

Maître Lie-tseu fit son apprentissage chez Hou K'ieou Tseu-lin. Ce dernier dit : «Apprenez à vous tenir en arrière, alors on pourra dire que vous conservez votre personne.»

Lie-tseu dit : «Je voudrais savoir ce qu'on appelle se tenir en arrière?» L'autre expliqua : «Regardez votre ombre et vous le saurez.»

Lie-tseu se retourna et regarda son ombre. Tordait-il son corps? Son ombre se montrait courbée. Redressait-il son corps? Son ombre apparaissait droite. Ainsi ce qui déterminait l'ombre à être courbée ou droite, c'était le corps et non l'ombre elle-même. Se courber et s'étirer selon les circonstances et ne pas se déterminer soi-même, cela s'appelle se tenir en arrière et conserver son être.

Kouan Yin s'adressa à Maître Lie-tseu et dit : « Quand les paroles sont belles, l'écho est beau, lui aussi. Si les paroles sont mauvaises, l'écho lui aussi sera mauvais. Quand le corps est allongé, l'ombre l'est aussi ; le corps est-il court ? l'ombre l'est aussi. Le nom est comme un écho ; le corps est comme une ombre. C'est pourquoi il est dit : "Prenez garde à vos paroles et vous serez en harmonie avec les choses. Prenez garde à vos actes et on vous suivra !"

Le *cheng-jen* observe ce qui émane de l'homme pour prévoir ce qui lui arrivera ; il contemple le passé et il discerne ainsi l'avenir. Voilà le principe de sa prescience. En soi-même se trouve la mesure, mais le jugement est chez l'homme. Si les hommes m'aiment, c'est que moi-même nécessairement je les ai aimés. Si les hommes me haïssent, c'est que moi-même nécessairement je les ai haïs.

T'ang et Wou ont aimé le monde ; c'est pourquoi ils furent des rois. Kie et Tcheou Sin haïssaient le monde, c'est pourquoi ils ont péri. Voilà le jugement. Quiconque sait, à la fois, juger et mesurer et (le sachant) ne possède pas le *Tao*, ressemble à celui qui voulait sortir de la maison, mais pas par la porte ; celui qui voulait se promener sans emprunter les sentiers. Une pareille attitude est sans profit et également malaisée.

Contemplez les vertus de Chen Nong, examinez les annales de Yu, Chang et Tcheou, méditez les principes et les paroles des sages et des hommes de cœur. Vie et mort, prospérité et ruine depuis les origines n'ont pas d'autres rythmes que le rythme du *Tao*. »

CHAPITRE 2

Le Tao et la lutte pour la vie

Yen Houei[1] dit : « On affirme que celui qui cherche le *Tao* s'enrichit. Cependant celui qui possède des perles n'est-il pas riche ? Pourquoi chercherait-il encore le *Tao* ? »

Maître Lie-tseu dit : « Kie et Tcheou (Sin) considéraient seulement le profit et le *Tao* leur semblait peu de chose, mais ils finirent par périr. Heureuse coïncidence ! De cela je

---

1. Ce Yen Houei est un disciple de Lie-tseu et non le célèbre disciple de Confucius.

ne crois pas vous avoir encore entretenu. (Voyez-vous), les hommes qui n'ont pas le sens de la justice et qui ne pensent qu'à leur subsistance sont comme des poules et des chiens. Ils se heurtent et se battent pour leur pâture, si bien que le plus fort l'emporte. C'est là le propre des animaux.

Se comporter comme poules et chiens, comme un animal, et exiger l'estime des hommes, c'est vouloir l'impossible. Quand un homme ne tient plus compte d'autrui, il court de graves dangers et la honte est sur lui. »

CHAPITRE 3

Savoir pourquoi

Comme Lie-tseu apprenait à tirer à l'arc, il demanda conseil à Kouan Yin-tseu. Ce dernier dit : « Savez-vous pourquoi vous atteignez le but ? » Lie-tseu répondit : « Je l'ignore. » Kouan Yin-tseu continua : « C'est encore insuffisant. » Là-dessus, Lie-tseu se retira et, durant trois ans, il s'exerça. Ensuite il revint et se fit annoncer à Kouan Yin-tseu. Celui-ci demanda : « Savez-vous maintenant pourquoi vous atteignez le but ? » Lie-tseu dit : « Je le sais. »

Kouan Yin-tseu reprit alors : « C'est bien. Accrochez-vous-y, ne le perdez jamais de vue. (C'est un savoir utile) non seulement pour ce qui est de tirer à l'arc, mais aussi dans la conduite des affaires de l'État, et de la même façon (ce savoir) se rapporte (à la conduite) de son propre moi. Aussi, le *cheng-jen* ne se préoccupe ni de la durée, ni des périls ; il cherche à connaître les causes. »

CHAPITRE 4

Qu'il est difficile de posséder le Tao

Lie-tseu dit : « Celui qui passe les autres en beauté s'en glorifie aisément. Celui qui l'emporte en force sur les autres devient facilement impétueux. Avec eux, il est difficile de parler du *Tao*. Quand on n'est pas encore grisonnant et tout chenu, on ne peut parler du *Tao* sans errer et, à plus forte raison, reste-t-on incapable d'agir selon le *Tao*. À ceux qui sont violents et impétueux, les hommes n'accordent pas leur confiance et celui à qui les hommes ne communiquent rien, il reste abandonné et sans secours. Les sages (eux) sont dignes de la confiance des hommes. C'est pourquoi ils avancent en âge sans dépérir. C'est sans confusion qu'ils répandent leur sagesse.

Il s'ensuit que la difficulté de gouverner l'État réside dans la connaissance des sages, et non dans l'estime de soi-même. »

CHAPITRE 5

L'imitation de la nature

Un homme vivait à Song, qui fit pour son prince une feuille de mûrier taillée dans le jade. Il prit trois ans pour mener à bien ce travail. Il cisela (cet objet) avec la fine pointe d'un burin, si bien qu'on y reconnaissait les nervures, la tige et les veines les plus délicates. Tout était si soigneusement imité que cette feuille mêlée aux autres feuilles de mûrier naturelles ne se pouvait distinguer des autres. À cause de son très grand art, cet homme fut entretenu aux frais de l'État !

Maître Lie-tseu en entendit parler et dit : « Si le ciel et la terre, pendant la production des êtres, devaient mettre trois ans pour parfaire une feuille d'arbre, il n'y aurait pas beaucoup de plantes feuillues. C'est pourquoi le *cheng-jen* bâtit sur la force créatrice du *Tao* et non sur le savoir et sur l'adresse. »

CHAPITRE 6

Pauvreté et amour-propre

Maître Lie-tseu était pauvre. Ses traits, sa contenance portaient les traces de la faim. Un jour, un visiteur le rapporta à Tseu Yang, prince de Tcheng, et dit : « Lie Yu-k'eou n'est-il pas ce sage qui s'occupe du *Tao*? Il habite le royaume de notre prince et il est pauvre. Le prince n'aime-t-il plus les lettrés ? »

Tseu Yang envoya sur-le-champ un officier, chargé d'apporter à Lie-tseu des grains. Celui-ci sortit ; en voyant le messager, il s'inclina plusieurs fois et refusa (le présent). L'envoyé partit, Lie-tseu rentra chez lui. Là, sa femme le regarda, frappa sa poitrine et dit : « J'ai entendu dire que la femme et les enfants d'un homme qui possède le *Tao* de vérité n'ont que joie et plaisir. (Or) nous souffrons famine, et maintenant que le prince désirait nous secourir et te faire des présents en nourriture, tu les refuses. N'est-ce pas une offense au destin ? »

Maître Lie-tseu lui répondit en souriant :

« Le prince ne sait pas qui je suis. Sur le rapport d'autres personnes, il m'a fait parvenir des grains et, par là, je me suis senti offensé, d'autant qu'il se fiait à ce que d'autres racontent. Voilà la raison de mon refus d'accepter les présents. »

Or, soudainement, il se produisit que le peuple se révolta contre Tseu Yang et le tua.

CHAPITRE 7

Le jeu des circonstances

À Lou vivait un homme du nom de Che. Il avait deux fils. L'un aimait l'étude, l'autre aimait le métier des armes. Celui qui était porté aux études offrit ses services au prince de Ts'i. Ce dernier accepta et le fit précepteur de tous ses fils. Celui qui était habile au maniement des armes s'adressa au roi de Tch'ou et offrit ses services. Le roi s'en réjouit et en fit son général. Grâce aux revenus des deux frères, toute la famille s'enrichit et, par leur rang, ils faisaient honneur à leurs parents.

Che avait un voisin qui s'appelait Mong. Ce dernier avait aussi deux fils qui étaient également l'un un lettré, l'autre un soldat et ils

vivaient dans une grande pauvreté. Mong fut
pris du désir de posséder autant que la famille
Che. C'est pourquoi il s'adressa à Che en s'en-
quérant des moyens d'une si rapide ascension.
Les deux fils de Che lui contèrent tout confor-
mément à la vérité.

Sur quoi, un des fils de Mong fit une
démarche à Ts'in pour offrir ses services
comme lettré au roi de ce pays. Le roi de Ts'in
dit : « Par les temps qui courent, les princes
mettent toutes leurs forces dans la guerre.
Leur intérêt se porte tout entier sur les armes
et sur les approvisionnements. Si je cherchais
à gouverner mon pays au moyen de l'amour
et de la justice, ce serait là prendre la voie la
plus appropriée pour trouver la ruine et la
mort. » Ceci dit, il fit châtier (le solliciteur),
puis le relâcha peu après.

L'autre fils se rendit à Wei pour offrir ses
services au prince de la région. Ce dernier
s'exprima ainsi : « Mon pays est faible. Il est
entouré par de grands États. Je sers les grands
États et j'aide les petits États : je suis ainsi la
voie de la paix. Si je voulais me fier à la force
de mes armes, je n'aurais pas à attendre longtemps pour consommer ma ruine. (D'autre
part), si je laisse partir cet homme indemne,
il s'adressera au prince d'un autre royaume et

me causera bien des ennuis. » Sur quoi, il fit couper les pieds du solliciteur et on le transporta à Lou.

Là, le père Mong et ses fils se frappaient la poitrine et accablaient de reproches le père Che. Ce dernier finit par dire : « Quand les circonstances sont favorables, on réussit. Dans le cas contraire, c'est la ruine. La voie que vous avez prise était la même que la nôtre, cependant l'issue en est différente. Cela provient de ce que vous n'avez pas trouvé le moment favorable, et non pas que vous l'ayez manqué de votre propre chef. En outre, il n'existe pas dans le monde de principe qui soit valable en toutes circonstances, pas un acte qui soit mauvais dans tous les cas. Ce qui fut jadis en usage est peut-être rejeté aujourd'hui. Ce qu'on rejette aujourd'hui sera peut-être en usage plus tard. L'usage et le non-usage ne suivent pas de règle fixe. Comment exploiter une occasion, trouver le moment opportun, se plier aux circonstances, voilà ce qui ne dépend d'aucune recette. Il s'agit ici d'une certaine habileté. Si vous n'avez pas cette habileté, auriez-vous l'immense savoir de K'ong K'ieou et l'adresse d'un Liu Chang, où que vous alliez, vous échouerez. »

Le père Mong et ses fils se tranquillisèrent

et ils dirent d'un cœur apaisé : « Nous l'avons appris, il est superflu de nous le répéter. »

CHAPITRE 8

L'expédition du duc Wen de Tsin

Le duc Wen de Tsin alla rassembler les princes de l'empire, car il voulait attaquer l'État de Wei.

Le prince Tchou regarda le ciel et sourit : Le duc (Wen) lui demanda : « Pourquoi riez-vous ? » L'autre répondit : « Je ris (en pensant) à un de mes voisins qui accompagnait sa femme en visite chez ses parents. Chemin faisant, mon voisin aperçut une jeune fille qui cueillait des feuilles de mûrier. Elle lui plut et il se mit à bavarder avec elle. Mais, comme il se retournait pour regarder sa femme, (il s'aperçut) que celle-ci avait trouvé aussi quelqu'un qui lui faisait des signes. C'est pourquoi je souris. »

Le duc comprit la leçon et il s'en retourna avec son armée. Il n'était pas encore arrivé chez lui qu'une attaque avait lieu sur ses frontières septentrionales.

CHAPITRE 9

Un bon gouverneur ignore les voleurs

L'État de Tsin avait beaucoup à souffrir des voleurs. Or il y avait aussi (dans ce pays) un homme qui s'appelait K'i Yong, capable de déceler les voleurs par un simple regard. Il arrivait à (ce résultat) en considérant (le sujet) entre les cils et les sourcils, et il appréciait selon les cas.

Le prince de Tsin lui fit examiner tous les suspects et, par milliers, par centaines, pas un voleur qui lui échappât. Le prince en fut tout content et il en fit part à Tchao Wen tseu, en lui disant : « J'ai trouvé un homme grâce auquel je supprimerai tous les voleurs du royaume. Que faut-il de plus ? »

Wen tseu répliqua : « Si mon prince s'appuie sur les investigations d'un espion pour se saisir du voleur, il n'en sera jamais quitte et, par-dessus le marché, K'i Yong mourra d'une mort violente. »

Et en effet, les voleurs se réunirent et tinrent conseil en disant : « K'i Yong est pour nous la ruine. » Ils scellèrent leur alliance et tuèrent K'i Yong.

Lorsque le prince de Tsin l'apprit, il en fut fort effrayé. Immédiatement, il convoqua Wen tseu pour lui faire part de la nouvelle et lui dire : « Tout s'est réellement passé comme vous l'avez dit. K'i Yong est mort. Que faire maintenant pour se saisir des voleurs ? » Wen tseu répondit : « Il existe un proverbe populaire à Tcheou qui dit : Celui qui cherche à capturer les poissons dans leurs profondeurs n'aura pas de bonheur. C'est pourquoi cela porte malheur que de vouloir saisir les choses cachées.

Si mon prince désire qu'il n'y ait plus de voleurs, il n'existe pas de meilleur remède que de placer au poste du gouvernement un homme digne. Cet homme sera un enseignement pour ceux d'en-haut, grâce auxquels le bon exemple se manifestera auprès des subalternes. Or, quand le peuple aura le sentiment de l'honneur, il ne se trouvera plus personne pour devenir un voleur. »

Là-dessus, le prince mit à la tête de l'État Souei Houei et les bandes de voleurs disparurent.

CHAPITRE 10

De la parfaite adaptation
aux circonstances (résumé)

*Il s'agit, dans ce chapitre, d'une seconde version de l'histoire du nageur rencontré par Confucius (Livre II, chapitre 9), mais en termes un peu différents. Voici comment le nageur explique le secret de son « art » (*Tao*) :* « Quand je me jette à l'eau, je le fais dès l'abord avec une sincérité et une confiance absolues ; quand je veux en sortir, c'est encore avec cette sincérité et cette confiance. C'est cette confiance sincère qui assure la sécurité de mon corps dans les flots et je me garde de toute initiative. Voilà pourquoi je puis me jeter à l'eau et en sortir. »

CHAPITRE 11

Un enseignement allusif est difficile

Le prince Po fit mander K'ong tseu et lui demanda : « Peut-on se faire comprendre par les hommes avec des propos allusifs ? » K'ong tseu se tut. Le prince Po dit encore : « Que se

passe-t-il si l'on jette une pierre dans l'eau ? »
K'ong tseu dit : « À Wou, il y a de bons plon-
geurs qui pourraient la chercher. — Et si,
poursuivit l'autre, on versait l'eau dans
l'eau ? » K'ong tseu dit : « Le cuisinier Yi Ya
pouvait distinguer en la goûtant les eaux
mêlées du Tche et du Cheng. » Le prince
reprit : « Il n'est donc pas possible de se
mettre en intelligence avec autrui grâce à des
propos allusifs ? » K'ong tseu répliqua : « Pourquoi pas ? Il ne faut qu'un partenaire qui
comprenne le sens des mots. Quiconque com-
prend le sens des mots ne se sert plus de
paroles pour parler. Qui veut rivaliser avec les
poissons doit se mouiller, et, pour poursuivre
les bêtes, il faut courir ; ce n'est pas un plaisir. C'est pourquoi la raison dernière du discours est de ne pas parler, l'activité suprême
est de ne pas agir, cependant qu'une sagesse
peu profonde dispute sur des choses exté-
rieures. »

Le prince Po ne le comprit pas. Aussi périt-
il aux bains, où il s'était réfugié.

CHAPITRE 12

La prudence du sage est sa force

Tchao Siang-tseu de Tsin fit attaquer les Ti par le général Sin Tche Mou-tseu. Il les vainquit et prit deux districts à l'est et au centre (de leurs territoires). Et, par messager, il l'annonça au ministre Tchao Siang-tseu. Celui-ci était en train de manger et (à l'annonce) de cette nouvelle, il se montra fort affligé. Les gens de son entourage lui dirent : « Prendre en une matinée deux endroits fortifiés, c'est un exploit dont se réjouissent les hommes (du pays). Pourquoi notre prince est-il devenu triste ? »

Siang-tseu dit : « La crue des eaux ne dure pas plus que trois jours. Un tourbillon et une averse ne durent même pas un matin. Quant au soleil, il ne demeure même pas un instant au zénith. Or, les vertus de Tchao ne sont pas si nombreuses que de pouvoir soumettre en un matin deux villes fortifiées. Je crains que la ruine ne suive ce succès. »

K'ong tseu, instruit de ces propos, dit : « La famille de Tchao prospérera ! La tristesse de l'homme concourt à son bonheur, cependant que sa joie l'entraîne dans la ruine. Vaincre n'est pas difficile. Se maintenir (après la victoire), là est la difficulté. Un souverain sage tient sa victoire solidement en main et le bonheur accompagne ses descendants. Les États de Ts'i, de Tch'ou, de Wou et de Yue ont goûté une fois à la victoire, mais elle leur a vite échappé parce qu'ils n'ont pas su la conserver. Seul, le souverain qui possède le *Tao* peut garder la victoire.

La force de K'ong tseu était telle qu'il pouvait soutenir la porte de la capitale, et cependant, il ne désirait pas s'en faire une réputation. Mei tseu était capable de repousser une attaque de Kong-chou Pan, toutefois il ne tenait pas à se faire un nom par son habileté en matière d'armes. C'est pourquoi celui qui est capable de tenir solidement une victoire acquise, considère sa force comme de la faiblesse.

CHAPITRE 13

Le bonheur par le malheur

À Song vivait un homme qui aimait agir selon l'humanité et la justice. Sa famille se conduisait ainsi depuis trois générations et sans relâche. Or, il advint qu'une vache noire mit bas, sans cause apparente, un veau blanc. On consulta à ce sujet Confucius.

Celui-ci dit : « C'est un signe propice. Qu'on l'offre en sacrifice au *Chang ti*. »

Une nouvelle année se passa et le père de famille, sans autre motif, devint aveugle, et la vache mit de nouveau bas un veau blanc. Le père voulut faire interroger encore une fois Confucius par son fils. Le fils dit : « Après la dernière consultation auprès du maître, vous avez perdu la vue. À quoi servira cette nouvelle consultation ? » Le père répliqua : « Les paroles du Saint paraissent d'abord contraires (au bon sens), mais plus tard, elles se confirment. L'affaire n'est pas encore terminée, va et consulte-le ! »

Alors le fils interrogea encore une fois Confucius, qui déclara : « C'est bon signe », et il recommanda d'offrir à nouveau le veau blanc au *Chang ti*. Le fils retourna chez lui et fit part à son père de la décision du sage. Le père dit : « Fais ce que t'a dit Maître K'ong ! » Après qu'une année se fut écoulée, le fils à son tour et sans motif devint aveugle.

Or, il advint que l'État de Tch'ou attaqua Song et la ville fut assiégée. La famine fut telle que les gens échangèrent leurs enfants et qu'ils brisèrent des os pour faire du feu. Les hommes valides devaient se trouver sur les remparts, et la plupart périrent dans la bataille. Seuls, les deux hommes échappèrent à tout, parce que le père et le fils étaient malades. Le siège levé, tous deux guérirent.

CHAPITRE 14

Les deux jongleurs

Un saltimbanque vivait au pays de Song. Un jour celui-ci présenta à Yuen, prince de Song, ses services de jongleur. Yuen de Song l'invita alors à une exhibition de ses talents.

Le jongleur se fixa aux jambes des échasses deux fois plus hautes que sa personne. Sur ces échasses, il courait et sautait. Il prit sept épées, les lançait en l'air et il les rattrapait, de telle sorte que cinq épées restaient toujours en l'air. Le prince Yuen en fut grandement surpris et il le récompensa avec de l'or et des étoffes précieuses.

Mais un autre vagabond qui pouvait exécuter des sauts périlleux apprit la nouvelle ; il s'adressa également au prince Yuen. Le prince en fut irrité, et il déclara : « L'autre jour, un montreur de tours s'est adressé à nous. Or, cet art est sans intérêt général. Mais le premier jongleur est venu à propos, alors que nous étions dans de bonnes dispositions. C'est pourquoi nous lui avons fait des cadeaux en or et en étoffes précieuses. Sûrement, celui-ci en a entendu parler, et il se précipite chez moi dans l'espoir que nous allons, lui aussi, le combler de présents. Saisissez-vous de lui et que l'on considère s'il mérite la mort.» Au bout d'un mois, il fut relâché.

CHAPITRE 15

Le connaisseur de chevaux

Le duc Mou de Ts'in s'adressa à Po Yo et lui dit : «Vous êtes déjà d'un âge avancé, avez-vous parmi les vôtres quelqu'un qu'on pourrait employer pour chercher des chevaux?»

Po Yo répondit et dit : «On reconnaît un bon cheval grâce à son corps, à ses nerfs, à ses tendons, à ses muscles et à ses os. Mais un cheval qui surpasse les autres chevaux a quelque chose d'insaisissable, qui se dérobe à l'investigation. Un tel cheval ne soulève pas de poussière et il ne laisse aucune trace derrière lui.

Les talents de mes fils ne sont pas à la hauteur de cet art. On peut leur expliquer ce qu'est un bon cheval, mais non pas leur expliquer ce qu'est le cheval parfait. Mais votre sujet a un ami du nom de K'ieou Fang-kao avec lequel j'ai fait le transport de combustible et de légumes. Lui ne m'est pas inférieur dans la connaissance des chevaux. Invitez-le à venir vous voir. »

Le duc Mou invita cet homme et le chargea de lui trouver un cheval. Trois mois après, il revint et déclara : « C'est chose faite, j'ai trouvé le cheval, il est du Cha k'ieou. » Le duc Mou demanda : « Quelle espèce de cheval est-ce là ? » L'autre répondit : « C'est une jument baie... »

On envoya un homme la chercher et il se trouva en présence d'un étalon noir. Le duc Mou n'apprécia que fort peu la plaisanterie. Il appela Po Yo et lui dit : « Cela ne va pas. Celui que vous m'avez recommandé pour chercher des chevaux n'est même pas capable de distinguer entre les sexes et les couleurs. Que peut-il encore comprendre aux chevaux ? » Po Yo soupira puis, après une pause, il dit : « Il en est donc à ce point ! C'est bien par là qu'il dépasse la foule de vos sujets. Ce que K'ieou Fang-kao cherche à voir, ce sont les ressorts intimes de la nature. Pour lui, seules les choses intérieures ont de l'importance ; ce qui est à la surface lui échappe. Imitons-le dans sa façon de percevoir les êtres. Ne regardons pas là où il n'y a rien à voir selon lui. Soyons attentifs quand il convient de l'être selon lui. Négligeons ce dont il ne fait pas de cas. Ainsi donc, le cheval que K'ieou Fang-kao a trouvé est nécessairement le plus noble des chevaux. »

La bête fut amenée et, en effet, elle se révéla comme supérieure à tous les autres chevaux de l'empire.

CHAPITRE 16

Il importe de se gouverner soi-même d'abord

Le roi Tchouang de Tch'ou interrogea Tchan Ho et dit : « Que faut-il faire pour gouverner l'État ? » Tchan Ho répondit : « Pour votre sujet, il n'y a de clair que le gouvernement de soi-même. En ce qui concerne le gouvernement de l'État, je n'ai aucune intelligence. »

Le roi de Tch'ou reprit : « Notre humble personne a reçu en héritage les temples de nos ancêtres et le privilège de sacrifier à Tsi.

Nous désirerions une doctrine qui nous per-
mette de conserver cet héritage. »

Tchan Ho répondit ainsi : « Votre sujet n'a
pas encore entendu dire que lorsqu'on sait
gouverner sa propre personne, l'État puisse
être en désordre. D'autre part, je n'ai pas
encore entendu dire que celui qui est soi-
même en désordre puisse avoir un État policé.
La cause du désordre est dans notre moi
propre, et je n'ose point parler des effets
ultimes. »

Le roi de Tch'ou dit : « C'est bien ! »

CHAPITRE 17

La modestie est une protection

Tchang jen de Hou k'ieou parla à Souen
Chou-ngao et dit : « Trois choses provoquent
la haine des hommes ; les connaissez-vous ? »
Souen Chou-ngao demanda : « Comment
s'appellent-elles ? » L'autre répondit : « Les
hommes envient ceux d'un rang supérieur. Le
haut fonctionnaire est pris en aversion par le
roi. Les plantureux bénéfices provoquent le
ressentiment. » Souen Chou-ngao dit : « Plus
mon rang est élevé, plus humble je me sens

dans mon cœur. Plus mon emploi est important, plus petit je me fais. Plus mes revenus abondent, plus je distribue des aumônes. Pourrai-je éviter ainsi de susciter les trois haines ? »

Lorsque Souen Chou-ngao devint malade et en passe de mourir, il exhorta son fils en ces termes : « Bien souvent le roi a voulu me conférer un apanage, mais je l'ai refusé. Quand je serai mort, le roi te conférera un apanage. Cependant n'accepte pas une terre riche. Entre Tch'ou et Yue se trouve Ts'in k'ieou (Tertre des Dormants). Cette contrée est pauvre et le nom de l'endroit inspire aux gens la terreur. Les gens de Tch'ou ont peur des fantômes et les gens de Yue cherchent des noms de bon augure. C'est pourquoi cette place conviendrait particulièrement si on veut pouvoir la conserver longtemps. »

Souen Chou-ngao mort, le roi offrit au fils un beau pays. Celui-ci ne voulut pas l'accepter et il demanda que le roi voulût bien lui accorder Ts'in k'ieou. Il le reçut et jusqu'à ce jour, ses descendants l'ont conservé.

CHAPITRE 18

Brigands et lettrés

Nieou K'iue était un grand lettré qui vivait dans le Chang ti. Une fois, il descendit vers le Han tan. Sur le chemin à Ngeou cha, il tomba sur des brigands. Ils lui prirent ses vêtements, ses bagages et son char. Nieou poursuivit sa route à pied, gardant un visage serein où ne se manifestait ni tristesse, ni regret. Les bandits se mirent à sa poursuite et l'interrogèrent sur les motifs de cette indifférence. Il dit : « L'homme supérieur ne compromet pas sa vie pour conserver les moyens qui lui servent pour vivre. » Les brigands dirent : « C'est un sage. » Alors ils délibérèrent entre eux et conclurent : « Si ce sage nous quitte et arrive chez le prince de Tchao, il nous causera une foule d'ennuis. Il vaut mieux le tuer. »

Ils le suivirent donc, et ils le mirent à mort.

Un homme de Yen ayant appris cette aventure, assembla son clan pour l'exhorter et dit : « Si vous rencontrez des brigands, ne faites surtout pas comme Nieou K'iue de Chang ti ! » Et tous les membres du clan tinrent compte de cette exhortation. Or, il arriva que le frère cadet de l'homme de Yen se rendit à Ts'in. Comme il atteignait la frontière, voici que les brigands viennent à sa rencontre. Se souvenant des exhortations de son frère, il se mit à se défendre vigoureusement. Mais il ne put venir à bout des brigands. Cependant il leur courut derrière, les priant avec des paroles suppliantes de lui rendre ses effets. Les brigands rendus furieux, s'exclamèrent : « N'est-ce pas assez de vous avoir laissé la vie ? Et maintenant (vous êtes) toujours sur nos traces et (vous ne voulez) pas rebrousser chemin ! S'il fait tant de manières, la chose pourrait s'ébruiter. Ne sommes-nous pas des brigands ? Qu'avons-nous à démêler avec la pitié ? »

Sur quoi, ils le tuèrent et blessèrent en outre quatre à cinq de ses hommes.

CHAPITRE 19

Une offense due au hasard

Yu était l'homme le plus riche de Liang. Tout se trouvait en abondance dans sa maison : argent et étoffes rares, richesses multiples et biens innombrables.

Une fois, il organisa dans sa vaste demeure, qui était située dans la rue principale de la ville,

un banquet (qui occupait tout) l'étage avec de
la musique, du vin et des jeux de dés. Comme
une troupe de jeunes spadassins passait en
contrebas, quelqu'un de ceux qui jouaient à
l'étage fit un bon coup au milieu de l'hilarité
générale et, dans le même temps, un milan qui
passa lâcha un rat crevé qui tomba sur la troupe
de jeunes gens. Ils se dirent entre eux : « La
richesse et le bonheur de ce Yu ne durent que
trop longtemps déjà. Depuis toujours, il
méprise les autres. Nous ne lui avons fait aucun
mal, et voilà qu'il nous fait affront avec ce rat
crevé. Si nous n'en tirons pas vengeance, qui
pourrait encore nous considérer comme des
braves ? Rassemblons-nous avec nos amis. Que
sa maison soit détruite comme il le mérite ! »

Ils tombèrent d'accord et, le soir du jour
fixé, ils réunirent une troupe nombreuse. La
maison de Yu fut prise d'assaut et ils la détrui-
sirent de fond en comble.

CHAPITRE 20

Prendre le nom pour la chose

Dans la région de l'est, vivait un homme du
nom de Yuan Sing-mou. Comme il se rendait

en voyage, il faillit mourir de faim en cours de route. Un brigand de Hou fou, du nom de K'ieou, le vit et lui apporta à boire et à manger pour le fortifier.

Yuan Sing-mou se fortifia trois fois et, revenant à lui, il dit : « Qui êtes-vous ? » L'autre répondit : « Je suis de Hou fou et je m'appelle K'ieou. » Yuan Sing-mou dit : « N'es-tu pas un brigand ? Quoi ! un dépravé m'aurait-il nourri ? Mon sens de la justice m'interdit de manger de ta nourriture ! » Alors, penché en avant, les deux mains au sol, il s'efforçait de tout vomir, mais il n'en sortait qu'un gargouillement. Sur quoi, on le vit s'affaisser et il mourut.

Il est vrai que l'homme de Hou fou était un brigand, mais nourrir un voyageur n'est pas un acte de brigandage. Que le voyageur se soit refusé à assimiler ce que son bienfaiteur lui offrait en le considérant comme le fruit du brigandage, c'est là un malentendu entre le nom et la chose.

CHAPITRE 21

Jusqu'où peut aller la loyauté

Tchou Li-chou était au service du duc Ngao de Kiu. Comme il se sentait méconnu par ce dernier, il se retira au bord de la mer et vivait là en ermite. Pendant l'été, il se nourrissait de châtaignes d'eau et, en hiver, il se contentait de glands et de châtaignes ordinaires.

Il arriva un jour que le prince Ngao de Kiu se trouvait en difficulté. Tchou Li-chou prit alors congé de son ami pour se dévouer jusqu'à la mort au service de son prince.

Son ami déclara : « Vous avez cru que le prince ignorait votre valeur, c'est pourquoi vous vous êtes retiré et maintenant, vous voulez sacrifier votre vie pour lui. Ainsi, vous effacez la différence entre la reconnaissance et la méconnaissance (du prince) envers ses loyaux serviteurs. »

Tchou Li-chou répondit : « Bien au contraire, quand je me suis vu méconnu, je l'ai quitté. Maintenant, en mourant pour lui, je montrerai qu'il m'avait réellement méconnu. Je désire mourir afin de faire honte à tous les princes des générations futures qui méconnaîtront un serviteur loyal. » Si un souverain reconnaît la valeur de son ministre, il y a lieu de se dévouer pour lui jusqu'à la mort ; s'il le méconnaît, il n'y a aucun motif de se sacrifier pour lui : voilà la voie juste et qu'il faut suivre. Quant à Tchou Li-chou, on peut dire qu'il s'est égaré parce qu'il était mécontent.

[*Les chapitres 22, 23, 24, 25 sont transférés au Livre VII, chapitres 28, 29, 30, 31.*]

CHAPITRE 26

L'homme qui détenait le secret de l'immortalité

Jadis, un homme disait posséder la science du *Tao* de l'immortalité. Le prince de Yen envoya un messager pour le quérir. Le messager n'était pas très rapide, si bien que le prétendu possesseur du *Tao* de l'immortalité mourut sur ces entrefaites. Le prince Yen fut fort irrité contre le messager et voulut le mettre à mort à son tour. Heureusement que son ministre se permit quelques objections : « Ce que les hommes, dit-il, redoutent le plus, c'est la mort. Ce qui a pour eux le plus d'importance, c'est la vie. Or, cet homme a perdu sa propre vie. Comment eût-il été capable de sauver de la mort son prince ? »

Ce plaidoyer sauva le messager de la mort.

En apprenant que l'homme de l'immortalité était défunt, un certain Ts'i tseu, qui désirait aussi connaître ce *Tao*, se frappa la poitrine et en conçut un chagrin violent. Maître Fou l'apprit à son tour et, tout en le raillant, lui dit : « Ce que tu désirais était de ne pas mourir. Maintenant, l'homme de l'immortalité est mort lui-même ; le regretter ou s'en lamenter, c'est le fait de quelqu'un qui ignorait ce qu'il voulait apprendre. » Hou tseu dit : « Les paroles de Fou tseu ne valent rien. Il y a des hommes qui possèdent des méthodes qu'ils ne peuvent pas cependant mettre en pratique. Il y a aussi ceux qui seraient capables de l'appliquer, mais qui ne possèdent pas la méthode. Dans le pays de Wei existait un habile calculateur. Comme il voyait sa fin approcher, et tout en faisant ses adieux à son fils, il lui communiqua le secret de son art. Son fils eut beau se rappeler parfaitement ses paroles, il était incapable de les appliquer. Un quidam lui demanda de lui confier les paroles secrètes. Ainsi informé, l'homme appliqua aussi bien que le défunt calculateur (les recettes de calcul). Pourquoi n'a-t-il pas été possible au défunt d'expliquer les méthodes qu'il possédait de son vivant ? »

CHAPITRE 27

Une bonté qui se mue en cruauté

Le peuple de Han tan avait l'habitude d'offrir à Kien tseu des pigeons ramiers à l'occasion du nouvel an. Cela le réjouissait profondément, tant et si bien qu'à son tour il récompensait largement ceux qui le faisaient.

Un hôte l'interrogea sur ce fait. Kien tseu répondit : « Quand, au nouvel an, on libère des êtres vivants, on montre qu'on est capable d'affection. » L'autre reprit : « Le peuple connaît le désir du prince de libérer les pigeons ramiers. Il redoublera de zèle pour en capturer et beaucoup seront ainsi tués. Si le prince désire leur conserver la vie, il est préférable qu'il interdise toute capture de ces oiseaux. Les capturer d'abord pour les relâcher ensuite, voilà, certes, qui ne répare pas, même la bonté de son acte, le mal causé par une première capture. »

Kien tseu dit : « C'est vrai ! »

CHAPITRE 28

Pas de privilégiés dans le monde des vivants

T'ien de Ts'i donnait un banquet dans la salle des ancêtres. Mille invités y prirent part. Lorsqu'on apporta à table des poissons et des oies, il les considéra en soupirant : « Comme le ciel est généreux, dit-il, envers les hommes. Il leur donne les cinq céréales. Pour leur usage, il fait naître les poissons et les oies. » Tous les hôtes approuvèrent bruyamment. Mais le fils du seigneur P'ao, âgé de douze ans, exposa ses méditations (à ce sujet) en disant : « Cela ne se passe pas comme l'affirme le maître de céans. Tous les êtres, dans le monde, possèdent une vie de même qualité que la nôtre. Il n'y en a pas de nobles et de vils, mais les uns surpassent les autres par la taille, la ruse et la force et non pas parce que les uns seraient nés pour les autres. Ce que l'homme trouve comestible, il le mange. Mais il n'a pas été créé à l'origine par le ciel pour les hommes. Les cousins et les moustiques provoquent sur notre peau des piqûres, les loups et les tigres nous dévorent. Cela ne signifie nullement que le ciel a produit, à l'origine, l'homme et sa chair pour les cousins et les moustiques, pour les loups et les tigres. »

CHAPITRE 29

N'importe quoi plutôt que mendier

À Ts'i vivait un pauvre homme qui pour vivre mendiait sur les marchés publics de la ville. Les maraîchers s'exaspéraient de le rencontrer si souvent, et finirent par ne plus rien lui donner. Il se rendit alors dans les écuries de T'ien che et il se loua comme serviteur chez le vétérinaire, gagnant ainsi sa nourriture.

Les gens de la ville se moquèrent de lui en disant : « Chercher sa nourriture en se mettant au service d'un vétérinaire, n'est-ce pas une honte ? » Le mendiant répliqua : « Dans le monde entier, il n'y a pas d'occupation plus honteuse que de mendier. Si vous tenez la mendicité pour un métier qui n'est pas désho-

norant, pourquoi considérez-vous déshono-
rant d'être aide-vétérinaire ? »

CHAPITRE 30

Fantaisie d'un pauvre

Un homme de Song, en se promenant,
trouva sur sa route un contrat abandonné.
Rentré chez lui, il le cacha avec soin et, en
secret, il ne faisait que compter les coches.

Un jour il dit à son voisin : « Attendez, il est
possible que vous me voyiez riche. »

CHAPITRE 31

Un conseil intéressé

Un homme possédait un arbre desséché. Le
père de son voisin dit : « Un arbre sec est de
mauvais augure. » L'autre l'abattit bien vite.
Alors le père du voisin le pria de lui céder le
bois comme combustible. L'homme, alors,
s'irrita et dit : « Le père du voisin n'avait pas
d'autres intentions quand il m'a conseillé, que
d'avoir du bois à brûler. C'est pourquoi il m'a

poussé à l'abattre. Mon voisin est un danger.
Que faire maintenant ? »

CHAPITRE 32

Le voleur de hache

Un homme perdit sa hache. Il soupçonna le
fils du voisin et se mit à l'observer. Son allure
était celle d'un voleur de hache ; l'expression
de son visage était celle d'un voleur de hache ;
sa façon de parler était tout à fait celle d'un
voleur de hache. Tous ses mouvements, tout
son être exprimaient distinctement le voleur
de hache. Or, il arriva que l'homme qui avait
perdu la hache, en creusant par hasard la
terre dans la vallée, mit la main sur cet outil.

Le lendemain, il regarda derechef le fils du
voisin. Tous ses mouvements, tout son être
n'avaient plus rien d'un voleur de hache.

CHAPITRE 33

Les pensées noires
influent sur la conduite

Po kong était tout absorbé par le flot agité
de ses pensées. Il avait congédié la cour et

restait là, appuyé sur son bâton à l'envers, dont la pointe lui pénétrait dans le menton si fortement que le sang coulait à terre. Mais lui était absent et incapable de sentir.

À ce spectacle, les gens de Tcheng dirent : « Celui qui oublie sa propre tête, que n'oubliera-t-il pas encore ? »

Ainsi quand la pensée est ailleurs, cela se remarque à l'attitude extérieure : les pieds trébuchent contre les troncs d'arbres et se prennent dans les crevasses, la tête heurte contre les arbres, tout cela sans qu'on en ait conscience.

CHAPITRE 34

Il ne voyait que l'or

À Ts'i vivait un homme d'une grande avidité pour l'or. Tôt le matin, il mit ses vêtements, se coiffa et courut ensuite au marché. Il s'approcha de la table d'un changeur, s'empara de l'or et s'enfuit.

L'agent de l'autorité qui l'arrêta le questionna : « Comment, dit-il, avez-vous pu saisir de l'or en public ? » L'autre répondit : « Lorsque je me suis emparé de l'or, je n'ai plus vu les hommes... Je ne voyais que l'or. »

Karen BLIXEN   *Saison à Copenhague*
Une magnifique et bouleversante histoire d'amour

Julio CORTÁZAR   *La porte condamnée* et autres nouvelles fantastiques
Lorsque la banalité du quotidien prend soudain une dimension aussi inattendue qu'inquiétante, Julio Cortázar nous fait basculer dans son étonnant univers.

Mircea ELIADE   *Incognito à Buchenwald...* suivi de *Adieu !...*
Mircea Eliade, dans ces deux fables étonnantes, entraîne le lecteur à travers une réflexion sur la vie, le temps et la mort.

Romain GARY   *Les trésors de la mer Rouge*
De Djibouti au Yémen, Romain Gary sillonne les terres brûlées et hostiles pour en rapporter un témoignage d'une rare force.

Aldous HUXLEY   *Le jeune Archimède* précédé de *Les Claxton*
Aldous Huxley fait preuve d'un humour et d'une humanité qui placent ces deux nouvelles parmi les plus belles pages de l'auteur du *Meilleur des mondes*.

Régis JAUFFRET   *Ce que c'est que l'amour* et autres microfictions
Près de quarante textes très courts, d'une grande force, pour découvrir le fourmillement de la vie selon Régis Jauffret.

Joseph KESSEL   *Une balle perdue*
Une magnifique histoire d'amitié et d'honneur sur fond de révolte par l'auteur du *Lion*.

LIE-TSEU   *Sur le destin* et autres textes
L'un des textes les plus importants du taoïsme, des conseils pour une vie harmonieuse.

Junichirô TANIZAKI   *Le pont flottant des songes*
Un somptueux éloge de la maternité et une réflexion sur l'image de la femme.

Oscar WILDE   *Le portrait de Mr. W. H.*

Passionné par le mystère de Mr. W. H., Oscar Wilde se lance dans une enquête érudite et troublante sur le monde du théâtre élisabéthain.

Composition CPI Bussière.
Impression Novoprint.
à Barcelone, le 9 avril 2009.
Dépôt légal : avril 2009.
ISBN 978-2-07-038795-3./Imprimé en Espagne.

164028